KB102818

피스타치오

시와반시 기획시인선 015

피스타치오

홍계숙 시집

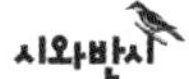

| 차 례 |

| 1부 |

| 2부 |

| 3부 |

| 4부 |

| 1부 |

엄마는 좀비

밤마다 호수를 걷는 엄마,
눈동자 하나 하늘에 걸어두고 또 하나는 수면에 띄워놓고

입술 바스락거리는 나무를 지나 혀를 파는 가게와 귀가 걸린 골목을 향해 앞만 보고 걸어가네

바라보는 것과 흔들리는 것 사이, 꺾이는 것과 꺾어지는 것 사이, 사라진 것과 잃어버린 것 사이로

엄마를 스치는 스몸비*들
액정화면 속으로 동공을 떨구는 달맞이꽃들

부엌에는 양파가 뾰로통 파란 주둥이를 내밀고
대파의 호흡은 말라가지 감자는 소쿠리에서 뿔을 키우고
베란다 화초들 혓바닥을 길게 늘어뜨리네

시의 늪에 빠져 내 생일도 찌개도 홀랑 태워버린 엄마는 점점 좀비가 되어가네

밤새 새벽의 목을 비틀어 문장 한 줄 풀어내고

젊은 피가 필요해
난해시를 날것으로 꼭꼭 씹어 삼키네

* 스몸비 - 스마트폰을 들여다보며 길을 걷는 사람들로 '스마트폰과 좀비'의 합성어.

오십견(犬)

개 한 마리 키우실래요?

죽기 살기로 부딪쳐 본 적 있나요 진퇴양난이 붉은 잇몸을 드러낼 때 느닷없이 달려드는 개를 보았죠 죽어야 사는 여자, 그 영화 포스터가 걸린 담벼락에서

여섯 살 때 친구에게 달려든 개가 내 심장을 삼켜버렸어요 고통을 물어뜯은 타액이 뚝뚝 떨어지던 나는 심장 한쪽이 없죠 개도 안 물어갈 심장이 남아있다는 건 얼마나 다행한 일인가요

아, 가끔 비명이 빛보다 빠르죠 소리의 누런 이빨 사이로 시큰한 통증의 향내가 풍겨요 오른쪽 팔을 들어 올릴 때,

오르막길일까요, 내리막길일까요

외투의 중턱에 지퍼가 끼어 웃지도 울지도 못하네요
오십의 안감을 꽉 물고서

사육에도 내공이 필요해요 내공은 어깨 근육 속에 있죠 개가 짖을 때, 끼인 지퍼의 기분을 살짝 들어서 올려야 하듯

오십은 개가 물어뜯기 좋은 나이
놓치고 돌아온 무지개를 되돌아보는 나이

개에 물린 날들이 견갑골에 기록된

컹컹, 어깨 깊숙한 짐승의 울음을 꺼내야 해요

꽃핀

부푼 바람이 나무에 꽂은 머리핀이 화사하다

바람이 핀다 가지 사이로
꽃봉오리 둘레로

머리에 꽃핀을 꽂은 나무가 한 무리 새떼를 날려 보내면 거리에 피어나는 엔돌핀

어머니는 살구색을 좋아했네
새벽길 살구빛깔 하늘을 이고서 장으로 향했지

핑그르르 저 혼자 떨어지는 꽃잎

엄마의 가지에서 핀 나는, 머리핀을 좋아해 살구꽃 엄마를 머리에 꽂고 걸었다 하얗게 핀 것들이 빈 저녁을 쿡쿡 찌르는 봄길을

또 어제와 또 오늘 사이를 꼬리가 긴 바람이 모서리 하나 없이 굴러와 가지에 부딪히고

열 개의 꽃들이 와르르 넘어지는 살구나무 아래

자그만 꽃 그림자가 누운 어머니 엷은 살갗을 가물가물 딛고 건너간다

저 먼 곳 살구꽃 핀 마을을 지나는 중이다

얼었다 녹았다 말라가는 호칭이 있지

생태 동태 꺽태 그물태 낚시태 북어 황태 백태 먹태 찐태 앵태 코다리 원양태...

그들의 이름은 서른아홉 개
바닷속에서 원래 이름은 하나였지

뭍으로 올라오는 순간 하나씩 늘어난 이름, 그중에는 다 자라지 못한 아명도 있지 수온에 따라 적소를 찾아 먼바다로 이동하기도 하는
그들의 이름은 삶과 죽음으로 조립되었지 바다를 벗어나는 순간 얼어버리거나 두들겨 맞거나 말라버리는

명태는 어머니의 화받이, 북어국이 아침마다 밥상에 올랐지 아버지는 어머니 끓는 속을 국으로 떠먹으며 속을 풀었네

아버지 이름은 깡태, 홍관장, 노가리, 낙태

얼마나 험난한 굽잇길을 걸어 깡마른 죽음에 닿았을지 별칭을 갈아 끼우며

세상으로 나와 물기 뚝뚝 흐르며

얼었다 녹으며

두부와 기도에 관한 알고리즘

독과 약은 같은 뿌리에요
유전자의 출발이 같다는 말인데요, 콩에서 건너온 두부가 다시 콩으로 돌아갈 수 있을까요

어머니는 새벽기도에 콩을 불려요 기도 속에서 토끼가 뛰쳐나오고

딱딱할수록 오래 불리고 곱게 갈아 푹 삶아야 한다고
아버지 수의를 깁고 남은 베보자기, 그 밑으로
콩물이 뚝뚝 떨어져요

어머니 기도는 콩의 코딩부호를 해독 중,
기도가 두부를 콩으로 되돌릴 수 있을까요

남편 복 없으면 자식 복도 없다는 수식의 모스부호는 0이거나 1,

모 아니면 도, 라는 치기어린 질주로

콩이 기도에 끓여져 차가운 틀 안으로 들어갔죠
양심을 간수하지 못했거나 바닷물의 염도가 맞지 않았거나

물컹한 토끼는 어디로 달아났을까요

틀 속에 콩물을 붓고 압력을 가하고
흥건한 자유를 빼내며 말랑하게 혹은 단단하게 굳어가길 기다리는 시간,

잃어버린 기도를 불러와요

달과 어둠의 값으로

직립의 시간

거리를 걸어가는 모래시계들
하루의 잘록한 허리 위에서 아래로 흐르며 내일을 꿈꾼다

물기는 시간의 감정
흐르는 모래에는 물기가 없다 거꾸로 뒤집히거나 세차게 흔들려도 모래는 묵묵히 아래로 흐른다

흐르는 강물을 수직으로 말리면 모래시계가 된다

시간을 낭비하는 사람들
신은 중력의 방향으로 서서히 시간을 허문다

나이는 삶의 밑바닥으로 모래를 쌓는 일, 모래의 심장이 깨어지거나 고꾸라지거나

뜨거운 사막을 직립으로 건너던 아버지

한꺼번에 쏟아졌다

횡단보도 앞 1톤 트럭 사이드미러가 시간의 뒤통수를 친 순간, 아버지는 길바닥으로 모래알처럼 쏟아졌다

두 손은 자유로워도
스스로 시간을 뒤집을 순 없다

용인 가는 길

목련꽃 한 다발을 안고 갑니다

가도 가도 알 수 없는 길을, 알 수 없어 물을 수 없던 멀고 먼 어린 날을 지나갑니다
절반의 꽃씨를 품었던 해바라기 날들을
반그늘을 애써 감추던
바람에 흔들리는 냉이꽃 같던 봄날을
멀고도 가까운 풍경을 한 장 한 장 넘기며 갑니다

푸른 벽 속으로
돌의 내부 같던 터널 속으로
산비둘기 속울음이 새벽의 껍질을 벗기고 있습니다
끌어안을 수 없던 가시들이 가슴을 통과하여
되돌아와 꽂히고
단단히 박음질 된 길들이 펼쳐지고 있습니다

이 길에서 용서는
인터체인지의 또 다른 이름이라는 것을 알았습니다

둥지를 버리고 바람 속으로 날아가 버린 새
봄날을 놓쳐버린,
빈 가지에 두고 간 목련 꽃송이들
나무는 홀로 오래도록 그 자리에 서 있었습니다

슬픔이 만발한 가족공원 저 멀리
냉이꽃을 입에 문 하얀 새 한 마리 날아갑니다

불어오는 바람결에
아버지…

내 안에 남은 절반의 풀씨를 훌훌 날려 보냅니다

배웅

오월 허공이 불긋하다
천변의 장미들이 봉오리로 합장 중인 초파일 근처

강둑 아래 드문드문 남아있는 낡은 집
나지막한 담장 밖으로 허공의 눈시울이 붉다

저 집은 누가 벗어놓은 허물일까

적막이 걸터앉은 슬레이트 지붕이 위태롭다
헝클어진 마당, 골다공증을 앓다 넘어진 화분들,
시간의 담벼락에 기대어 햇살이 고개를 떨군다

거동을 못하던 노인이
밤새 방문 앞까지 굴러와 온몸을 벗어버린 빈집

마당 구석
쓰러진 화분에서 빠져나온 달리아가 하늘을 향

해 몸을 일으킨다
　저 질긴 초록은 살아남아 무심히도 꽃을 피우고

　담장 너머로 장미가 봉오리를 터뜨린 아침

　붉은 꽃숭어리가 강바람에 흔들리며 마지막 길을 배웅하고 있다

와송

오랜 기와지붕 틈새로 솔숲이 자랐다
좀처럼 닿지 않는 허공의 안쪽

작은 솔숲을 통과한 비바람에 묻어온 흙 한 줌 끌어안고
엉킨 뿌리는 밤마다 웅웅 울었다

바닥과 하늘이 맞닿은 기와의 모퉁이는 쓸쓸해도
그 바깥은 한없이 푸르다
구름은 바삐 지나고 그믐달은 검은 입을 벌리며 다달이 빈손을 내밀었다

돌밭보다 척박한 지붕 한켠,

그곳에 낭비할 물기는 없었다 찬바람에 몸을 낮추고 봄바람에 초록을 일으켜 세울 때 뿌리는 발이

시렸다

찬 기운에 데이고 요란하게 뜨거운,
가난은 뾰족하여 자주 하늘을 찔렀다

서릿발에 엎드려 실눈을 떴을 때 맨발로 찬 바닥을 딛고 바람을 거두는 손마디는 기왓장처럼 곱아 있었다

태양을 끌어당겨 허공 위로 힘껏 꽃대를 밀어 올린 어머니
허기는 죽지 않고 한여름 뜨거운 바닥을 딛고 공복은 올망졸망 자랐다

비바람 지나간 자리
허공에 기와를 얹고 어머니는 서서히 내려앉고 있었다

돌조각을 움켜쥔 슬픔의 뿌리는 내 기억을 공전하고 있다

보이지 않는 손

소금쟁이는 판판한 수면을 붙잡고 일어선다

연못 수면은 소금쟁이 신발,

연못은 소금쟁이를 일으켜 세우는 동안

바람을 잠시 멈추게 하고

하늘을 끌어다 수면에 깔아놓는다

연못만 한 하늘 위를 훨훨 걷는 소금쟁이

물가에 내놓은 듯

험한 세상 가라앉지 말고 걸어라

어머니는 수면을 바짝 붙들고 계셨다

티브이 맞은편에

내장재가 기도로 채워진 소파가 있다
보드랍고 고요한 소가죽을 입은 소파가 있다
무릎에서 어린 새들이 뛰어놀던 소파가 있다
그 틈새로 채송화 봉숭아꽃 피어나던 소파가 있다
잠이 기대어 푸른 넝쿨이 흘러내리던 소파가 있다
품속으로 온몸이 사라지던 소파가 있다
한 고집이 앉아 무심히 TV를 보던 소파가 있다
그의 주사酒邪가 어깨를 짓누르던 소파가 있다
이따금 소의 울음이 새어나오던 소파가 있다
뜯어진 솔기로 기도가 흘러나온 소파가 있다
낡은 소가죽을 비닐가죽으로 갈아 씌운 소파가 있다
노인의 유전자를 손자로 리폼한 소파가 있다
뒤를 돌아보면 늘 그 자리에 오래된 소파가 있다
시간의 문간에 힘없이 기대앉은 노파가 있다

주름진 눈가에 육남매 열두 손주가 주르륵 흘러
내리는
어머니가 있다

이산포 노을에 입주하다

어머니 단풍 구경 가요

봄 여름 가을 겨울 단풍 구경 가요 이렇게 맑은 날엔 서쪽하늘 꽃단풍 구경 가요

산 너머 호수 건너 강을 따라
구름 없는 날 뭉게구름 피는 날 마음 시끄러운 날에도
해질녘엔,
집들도 어깨를 비비며 도란도란 붉어져요
나지막한 산 위로 강물 위로 단풍나무 한 그루 활활 타올라요

기다림과 그리움의 기온차를 견뎌온 나무들이 저물녘 붉은 새떼를 날리는
이산포,

이산離散의 발자국들이 하늘 끄트머리를 서성거려요
저마다 가슴속 뜨거운 단풍잎 하나씩 매달아 놓고 자유로를 달려서 내일로 돌아가요

어머니, 서쪽 창가로 오세요

어머니가 남겨둔 단풍이 저토록 눈이 부셔요

7월 13일생

여름이 출력한 출생신고서
내 생일에는 삼복 무더위가 들어있다

개망초가 달리던 오십천 강가
송사리를 쫓던 언니 오빠는 급히 아버지를 찾아 나서고 봉황산 검은등뻐꾸기가 저녁을 물어 날랐다

쪽창에 내려앉아 허공을 찌르는 매미,
벽에 걸린 양력이 음력에게 불은 젖을 물리는
철둑 아래

폭우에 강둑의 허술한 문장이 터지고
가난이 허리까지 차올라 오자 탈자가 물 위로 둥둥 떠다녔다
태풍이 스러지자
옥수수 껍질 속 단단한 땀방울에 칠월이 차지게 여물어갔다

철없는 손들이 철로 위에 올려놓은 크고 작은 못에도
까닭 모를 허기가 건널목처럼 걸음을 멈춰 세워도
여름은 궤도를 이탈하지 않았다

13일의 금요일이 간이역처럼 지나고

가지에서 뿌리까지
기쁨에서 슬픔까지 훌쩍 키가 자라나

그 거리가 한층 더 멀어진 목백일홍 한 그루
7월 보름의 꽃그늘을 짙게 내려놓는다

피스타치오

아주 오래 전 연애, 딱
벌어진 틈 사이
잘 구워진 슬픔은 담백한 맛일까

단단한 기쁨을 깨뜨리면 그 안에 쫀득한 귀엣말
사랑이 익으면 영원하리라 믿던
피스타치오,
저절로 벌어지는 소리를 줍던 달빛 아래

솔깃, 달의 솔기가 터지고

뭉친 먹구름을 빠져나온 아이가 어둠 속에서 손뼉을 치네
쏙 빠져나온 쭈글쭈글한 두려움,

자고 일어나 다시 깊게 잠들어버린 태아의 생애를 지나

하루 권장량의 허무와
허름한 강물 소리,

초록의 안쪽은 물기가 사라지고
말랑한 망각은 껍데기 속에서 빛을 바래, 꺼내지 못한 약속의 바깥은 쓸쓸해라

버려진 두 쪽의 결기,
온기마저 사라진

골목길 옛집을 돌아 나온 바람의 귀가 말라가네
오십천 버들가지 자꾸만 강물을 쓸어 넘기고 그녀의 껍데기도 점점 얇아지네

벌어지는 소리를 주우러 피스타치오가 익어가는
머나먼 사막 끝으로 술래잡기하듯

드문드문 눈발이 날리네

| 2부 |

연못 아래 깊은 방

진흙 속 깊숙한 방,
줄기로 누워있는
열 개 남짓 터널을 지나면 그곳에 닿을 수 있어요
연꽃의 꽃술을 열고 들어가
꽃대를 지나
한 치 앞도 볼 수 없는 수중터널을
수직으로 더듬어 내려서요

그 깊은 바닥에 눈을 감고 누우면 캄캄한 어둠의 나이까지 셀 수 있어요 물렁하고 걸쭉한 진흙 속을 헤집는 미꾸라지 소리, 진흙 방을 입질하는 가물치 소리, 늙은 비단잉어의 하품 소리, 물풀 사이 선녀붕어가 사랑을 나누는 소리, 각시붕어가 수초 위에 알을 낳는 소리, 알을 부화시키는 수컷 버들붕어의 지느러미 날갯짓 소리, 비갠 하늘과 도무지 닿을 수 없는 뭉게구름 떠가는 소리까지도 이곳에선 다 들을 수 있어요 공명 깊은 터널 속 밝은 귀를 품고

있는

누군가 떨어뜨린 한숨으로 연근을 캐던 뻘 묻은 나이를 짐작하지만,

별이 닿지 않는 진흙 안쪽은 시들 일이 없죠

연꽃이 피나 봐요
캄캄한 방이 환해지고 있어요

라이스 테라스

저 산의 서랍을 누가 다 열어놓았나

마닐라에서 9시간, 끊어질듯 이어진 산허리 외길 끝
해발 1200미터 불가사의가 훌훌 외투를 벗는다
구름의 그림자로 지은,

바타드에서는 돌담도 꽃이다

불가사의의 다른 이름은 난해한 오후 햇살, 그것은 고립과 생존의 가파른 중턱에 존재한다

산의 뼈를 깎아 목숨을 잇던 이푸가오족이
이천 년 차곡차곡 쌓아온 천수답, 산안개가 머리를 풀고 수직의 계단을 오른다

신은 칸칸 서랍을 열어 무엇을 찾으려 했을까

빛줄기와 빗줄기를 번갈아 심던 산자락을 벅찬 호흡으로 올라
융기한 고요의 서랍 속을 숨죽여 들여다본다

논두렁길로 지구 반 바퀴를 쉬지 않고 걸어온 우렁이의 시간이 몸을 둥글게 말아 논물 속에 잠겨있다

나유타의 길들이 급경사로 이어지고
구름숲의 뿌리가 물의 발목을 잡고 내리사랑으로 차곡차곡 서랍을 채우는 동안

논은 수천 개의 물그릇이 되어 하늘을 담고 사람을 담고 나무와 구름과 해를 담았다

저 서랍 속에는 검은 절벽과 추락의 발등이 가득하다

척박한 비탈에도 감사를 심으면 알곡이 피는가

비가 그치고 테라스 밖으로 걸어 나온 하늘이 흙물 든 두 손을 환하게 흔든다

불꽃놀이

전야제가 밤하늘에 쏘아 올린 꽃씨,

어둠 속에 씨앗이 심어지면 소리와 빛 사이 씨앗은 수천 배로 퍼져 만개한다
빛나는 암술과 수술, 발화에서 낙화까지는 단 5초
눈부신 절정에서 재빨리 지고 마는 내일을 위한 아찔한 광고

뿌리 없이 피고 지는, 밤하늘이 소란하다

허공에 떠 있는 저 꽃들 펼쳤던 겹겹 꽃잎을 거두어 빛의 꼬리를 그으며 탄성과 환호 속에 사라지는,
지상의 영화榮華를 초고속으로 상영하는

어둠은 꽃씨가 발화할 비옥한 땅이다

가와지

토탄층 차진 흙이 에워싼 잠
희미한 숨을 고르던 볍씨 열두 알 번쩍 눈을 떴다

신도시 건축 첫 삽이 뒤집은 오천이십 년의 시간, 이끼 낀 한 줌 침묵을 파헤쳤을 때
가래나무 기둥이 톡 떨군 볍씨

ㄱ자 구덩이에 묻힌 찌르개 뚜르개 자르개들이 첫밥을 지은 땅
오천 년 주춧돌을 기와마을이 발견했다

언덕과 언덕 사이 잔골짝을 끼고 물길을 따라 드나들던 거친 맨발들이 한 톨 볍씨 속으로 걸어 들어가

강가에 움집을 짓고 노을빛에 벼를 훑어 밥을 짓고 돌을 갈고 일어서던 그 뿌리는 큰 강으로 흘러

시간의 바다로 굽이쳤다

역사는 단단한 것을 깨뜨리는 자의 몫,
선사先史의 손길이 볍씨의 고랑을 타고 흘러 새 도시가 허공을 빼곡히 메웠다

세상에서 가장 작은 유물,
빛을 찾아 긴 어둠을 걸어온

부패에서 멀어진 호흡은 썩지 않는 걸까, 열두 개 야무진 알곡의 표정이 또렷하다

오천 년을 꽃피운 열두 톨 밥심이 새 바람을 기록한다

저녁이 있는 자리

이슬에 젖은 무릎으로 저녁은 누군가를 기다리며 그 자리에 앉아있지 짧은 봄볕의 꼬리까지 저금해 둔 나무들은 여름을 인출해 넉넉하게 그늘을 깔아두었지

산의 능선쯤에서 소리 없이 밀고 당기는 기운에 서쪽의 눈자위가 붉어지고

소멸되고 태어나는 빛과 어둠의 지루한 릴레이 그렇게 낮과 밤을 절반씩 나눠 가지며 하루는 경계선을 넘어가고 알람을 켜고 끄며 우리도 조금씩 시들어가지

천년처럼 길고 하루처럼 짧은 시간을 목에 걸고 숲에서 걸어 나와 마을을 어슬렁거리는 퉁퉁 부은 저녁의 발등들

사람보다 질긴 나무는 교대식을 마친 밤의 옷자락을 나뭇가지에 걸어두지 하늘로 뻗친 가지 끝으로 새벽이 팔랑팔랑 피어오를 때까지

짧아지고 길어지는 그림자를 가늠하며 세상에 풀어놓은 빛을 거두어들일 시간, 한 그루 나무를 붙잡고 나이테를 새기고 계절을 돌아 나온 쓸쓸한 저녁의 낮빛들

아름드리 회화나무 그늘에는 밤이 오기 전 돌아가야 할 저녁이 늘 거기에 앉아있지

녹색은 간격이 일정하다

행과 행 사이, 열과 열 사이
길을 가르는 녹차밭이 가지런하다
공기는 모두 초록, 이곳에서 나는
깨어나고 선명해진다
녹색의 행렬을 앞지르는 두 개의 바퀴가
봄의 뒤꿈치에 둥근 족적을 남긴다
봉긋 부푸는 물결,
가로를 이해하는 동안
줄지어 솟은 삼나무는 세로로 정렬된다
가로가 세로를 손짓하고
곡선이 직선을 향해 달리는 이곳에서
차밭의 향기는 고랑을 타고 달린다
모자를 눌러쓴 아낙들의 손끝에서 봄은 잘려나가고
풋내는 코끝을 적신다
하룻밤 빗줄기가 직선으로 다녀가고
곡선의 바람이 잘린 잎을 어루만지면

수북한 바구니 너머로
초록은 둥글게 회복되고 다시 열을 맞춘다

메이드 인 바다

바다는 거대한 통조림이다

낚싯대를 드리워 바다의 캔 뚜껑을 따는 오후,
잠시 통조림 속 진공이 흔들린다
진공포장 안쪽 푸른 물결의 싱싱한 살들은
수면 밖으로 나오면 서서히 산화되고
아무 일 없다는 듯
원터치 뚜껑을 닫고 바다는 또다시 밀봉된다
갯벌과 항구, 통조림 속 짙은 향기가
손을 내밀면 언제든 식탁 위에 풍성하다
이따금 뒤집어지는 태풍의 선순환으로
재 입고되는 신선한 생선살,
침몰된 유조선이 두른 기름띠에 바코드가 엉기면
순식간에 재고가 쌓이지만
바다 깊숙한 안쪽은 늘 유통기한이 넉넉하다
정어리 통조림 속에 들어간 헤밍웨이
노인이 조각배를 띄워 뚜껑을 따던 바다

어부들은 그 물결을 한 장 한 장 넘기고 있다
꺼내 먹으면 또 새롭게 채워지는 신선한 바다의
육질
커다란 저 통조림 용기에는
억척스런 어부들의 일생이 새겨져 있다
파도가 그려 넣는 바다의 바코드는
날마다 새로운 가격을 찍는다

복숭아의 안쪽

상자 속 표정이 달다

말간 복숭아, 쫄깃한 과일 망에 둘러싸인
낯빛이 환하다

깔끄러운 털은 살갗에 덧바른 그녀의 자존심,

가지를 떠난 순간 여문 기쁨은 단물로 넘치지만
그 기쁨의 안쪽은 쉽게 짓무른다

상처의 건너편은 분홍빛,

싱그럽기 위해 바닥을 위쪽으로 돌려놓지만
스친 상처에도 서서히 어두워지는

슬픔은 늘 뒤꿈치 근처에서 화끈거린다

상처를 도려내면 아직 단맛인 그녀,
변색된 우울을 감출 수 없다

뚝뚝 떨어지는 단물
머뭇거리면 금세 물러지는 기쁨이
말랑한 섬유질을 놓아버린다

그녀가 뱉어낸 슬픔은 어느 목울대에 걸려있을까

물기 가득한 걸음 안쪽, 단단한
복사뼈가 불긋하다

안개꽃 상자

상자 바깥이 안개속이다

이른 새벽, 잠의 플러그를 뽑으면 적막이 새어 나오고 푸릇한 고요가 꽃대를 올려 하얀 꽃들이 핀다

기력을 탕진한 밤은 향기를 남기지 못하고
방전된 머릿속, 길을 지우며 안개의 잠행은 시작된다
낮은 골짜기를 내려와
강변을 따라 슬금슬금 영역을 꽃피우는 안개,

새들의 노래와 거리의 발자국을 지우며 가느다란 꽃대를 따라 이곳저곳 갈림길로 스며든다

시작과 끝이 뒤섞인 아침은 길을 잃어버리고
길 잃은 시간 속으로 표정을 지운 사람들이 사라지고

두툼한 안개 벽 너머로 풀썩
종이 상자를 닫는 햇살, 정오의 트럭이 저녁의 꽃집을 향해 달린다

부려진 상자를 열어보기도 전, 새벽의 틈새로 새어 나온 안개가
또다시

거대한 도시의 플러그를 뽑는다

민들레 방식

민들레는 틈새를 좋아해

한 줌 흙을 찾아 공중을 날다 물 위로 산으로 들로 도심의 발바닥으로 옥상 달빛 아래로

푹 파인 시멘트 바닥 한 순갈 젖은 흙먼지 속으로
아슬아슬 뿌리를 내리지

보도블록 사이 콘크리트 벽 틈새, 깨어진 돌 틈 사이
잔디밭 빼곡한 풀잎들 사이사이

바늘을 끼우듯
꽃대를 밀어 올리지 한 땀 한 땀 그 비좁은 틈 수십 배로, 공중에 활짝 꽃수를 놓지

허공의 틈새로 끼워진 노란 꽃송이

깊숙한 뿌리와 땅 위에 납작 엎드린 잎의 자세로
꽃대의 호흡으로 환한 행성이 부풀지

사람 사이에도 한 줌 흙이 있어 그 견고한 틈새로 굳건히 꽃을 피우는 풀씨
언제든 날아갈 준비를 마친 전단지, 포장마차
물결의 틈새로 내려앉는 난민들

불모의 땅에 꿋꿋을 꽃피우는 방식

틈새는 꽃씨를 기다리네

망고가 달리다

나무는 한 자세로 하늘을 달린다

초록을 머리에 인 나무에게 하늘은 우물, 뿌리에 묶인 나무들은 아무리 몸부림을 쳐도 늘 그 자리다

구름이 하늘의 페이지를 휙휙 넘기면 빗어지는 빗줄기
가지를 타고 갈래갈래 흘러내리는

구름을 양껏 받아먹고도 바닥은 목이 마르다

이곳의 나무는 나이테를 몸속에 가두지 않는다
나무를 빠져나온 나이테들이 어둠 속에 모여 앉아 둥근 노래를 피우면 망고나무 가지엔 소녀들이 파랗게 익어간다

채 익기도 전에 나무를 떠나는 열매들,

가난이 무성한 마을에서도 나무는 꼿꼿한 빗줄기를 붙들고 시드는 법이 없다

몇 차례 스콜이 지나가고
설익은 망고를 열면

한 번도 아빠를 만지지 못한 코피노들이 바닥에 뱉어지고 납작하고 삐죽한 그리움이 싹을 틔운다

함부로 잘리는 아름드리 시간들,
도로의 허리띠가 늘어나도

여전히 야자는 야자를 매달고 망고는 망고를 짓는

하늘로 치솟는 마오가니 숲을 꿈꾸는 소녀들은
밤마다 뿌리를 벗는 꿈을 가지에 매단다

초록을 위한 마시멜로

겨울은 초식성일까요 잡식성일까요

빈 들판에 놓인 의문은 원통형이죠 파랗거나 하얀,
의문의 밑바닥엔 단단한 침묵이 살고 그 속에는 수만 마리 고요의 애벌레가 꿈틀거려요

농가의 공룡 알,
탱탱해지는 추위에도 아랑곳없이 부화를 기다리는 팽팽한 시간 바비큐 깜부기불 위에 구우면 겉은 바삭하게, 속은 자글거릴 달콤하게

추수가 낳은 초식 공룡의 알, 때론
버려진 것들이 겨울의 든든한 먹잇감이 되어요

들판은 겨우내 질긴 고요를 되새김질 중이죠
이삭이 잘리고 언 땅에 뿌리가 파묻혀도 견디어 온 시간만큼 말없이 분주해요

찔깃한 마시멜로를 오물거리며 겨울이 빈 들판을 건너가요

커다랗게 젖은 눈망울로

건초를 씹는 뜨거운 입김이 초록에 닿아있어요

회전초밥

하루가 순환선에 오른다 삶의 주재료는 밥, 300개의 새콤달콤한 밥알은 손끝에서 하나로 뭉쳐 고명으로 치장된다 그날의 운수는 등에 짊어진 부재료에 달렸다 등에 업은 명성으로 혹은 그날의 윤기만으로 선택되는 방식, 한 입 크기로 얇게 저며진 바다는 하나의 작품으로 태어나 쫄깃하게 식감을 자극한다 먹혀야만 살아남는 이상한 법칙, 연어 새우 광어 소라 바다 한 점이 사뿐 올라앉은 무대에 허기진 눈빛들이 기다린다 맛과 빛깔로 몸값은 결정되어도 두근거리는 생의 총량은 레일을 따라 돌고 돈다 거듭되는 외면에 가슴이 말라가도 다시 한 바퀴 돌아와 망설임으로 다가설 뿐, 이 대열에서 이탈할 수는 없다

새콤달콤한 한 자밤의 삶과 아직 물기 채 마르지 않은 죽음 한 점, 레일 위의 방식은 지극히 단순명료해도 이생의 끝 맛은 반드시 톡 쏘는 매운 맛이다.

반건조의 시간

바다를 벗고 바람을 입는다

삼척 정라항 해변 덕장, 아낙들 손끝이 바다의 배를 가른다 집어등 불빛에 눈먼 오징어들 뭍으로 나와 가장 먼저 두 눈을 버린다 칼날이 수직으로 외피를 가르면 바다는 속을 꺼내 놓는다 투명한 등뼈만은 버릴 수 없다 줄줄이 꼬챙이에 꿰어져 댓가지에 펼쳐진 젖은 발들이 허공에 올라 바람과 맞설 때, 웅크린 바다가 온몸을 활짝 펼친다 먹먹한 귀가 뻥 뚫리고 바람을 듣는 오징어들, 쫄깃한 시간을 향해 물기를 날려보낸다 아낙들 손길이 귀를 뒤집으면 바람은 방향을 바꾸어 꾸덕꾸덕 시간을 빚는다 축축한 시간을 반건조하고 피데기가 되어간다

아낙들 젖혀진 귀를 일으켜 세우고 눈먼 바다가 바람을 벗으면 마른 발들이 바다를 건너간다

나릿골

정라항 연진안과 벽 너머 사이,
바다를 향해 우두커니 서 있는 언덕의 어깨에 기다림을 얹는다

마당 없는 집들과 가파른 골목
시멘트 블록 담벼락과 좁다란 텃밭 위로, 오랜 시간이 관목 숲 지붕을 얹었다

한 줄로 고요를 긋는 수평선

달빛이 물의 창문을 열면 언덕에 기록된 시간들이 나루에 몸을 풀어놓는다
일렁이는 저 불빛의 절반은 짜디짠 그리움이다

먼 바다에서 돌아오지 않는 바람이, 파도로 밀려와 모래 안쪽으로 걸어간 발자국들이 하얀 깃털로 흩어진다

돌아서기 위해 끝없이 부딪치고 철썩이며 아침은 붉게 붉게 피어난다
햇살이 언덕의 이마에 불을 당기면
반짝이며 창문들이 깨어나고 밤을 지새운 바다는 충혈 된 눈을 비빈다

우두커니는 창의 모서리를 놓지 못하는 말,

바다는 얼마나 많은 강물을 품고 저리 뒤척이는 걸까

나루에 정박하지 못한 아침이
그늘 한 점 없이 푸르다

| 3부 |

비밀은 화려한 지느러미를 지녔네

아름다운 구피들,
먹이로 신선한 비밀을 키우는 어항은 좁고도 커다란 세상

사뿐사뿐 물속을 걷는 무희들이 떼 지어 부채를 펼치고

어항 밖 눈길
화려한 춤사위에 관람은 수시로 다녀가네
벽에 다다라 슬며시 돌아서는 뒤태에서
발꿈치를 살짝 들어 올리는 여인을 보았네

안팎은 서로를 응시하지
유리 벽 사이로

꼬리로 물살을 가르며 침묵을 뱉어내는 구피들,

돌고 도는 춤사위에 호수는 점점 좁아지고
난황을 아랫배에 매달고 세상으로 나온 번식이
어항을 삼키네

비밀은 숨어 지낼 넉넉한 자갈과 수초가 필요하지
발설을 견디는 밤이면 주르륵 별똥이 흐르고
몸을 던지기 좋은 어항 밖은 어둠으로 고요하지

누군가의 입 속으로 사라진
진실은 자리를 비우고,
비밀은 그것을 간직한 사람까지 먹어치우지

무희들, 색색의 부채를 펼치고
재빨리 또는 유유히 수초 뒤로 사라지네

과육의 내부자들

꽃들은 과육의 안쪽에 있었다

좁은 틈으로 좀벌들이 드나들었다 초여름 밤의 깊숙한 내부에서 일어난 일, 만져지지 않는 안쪽은 부풀고 있었다

바깥에서 꽃을 본 사람은 없다 빽빽한 꽃들에 닿기 위해 벗어둔 좀벌의 날개와 더듬이가 입구에서 발견되고

어둠의 안채엔 붉은 꽃이 피었다

감춰진 렌즈 속에 침대가 생겨나고 미끄러운 악취가 있었다 좀벌들은 암술의 미래에 구멍을 내고 춤의 스텝을 밟으며 몽롱한 꽃 속을 헤집고 다녔다 좀벌과 과육, 그들은 공생이었다

봄날이 낙엽으로 내려앉았다
손 글씨 증언을 남기고

꽃을 버린 무화과가 먼 길을 떠나고 꽃가루를 묻힌 소문들이 익어갔다 꼭지에서 흘러나온 끈끈한 유액이 입술에 닿아 소문이 부르트기 시작했다

보이지 않는다고 꽃이 없다던

벌은 벌대로 하루살이는 하루살이대로 저만큼 무아지경을 탐하던 밤이 지나가고

해묵은 과욕의 껍질이 서서히 벗겨지고 있다

파문의 반지름

둘레를 흔드는 말이 있다

고요한 수면에 떨어진 첫 빗방울
둥근 물살이 놀란 호수를 가장자리로 몰고 간다

훌라후프처럼 허리를 휘감고
조여드는 말,

수직이 수평에 꽂히는 순간
피어나는 파문은 소리의 바깥을 향해 내달리고
말의 둘레가 출렁인다

지름의 길이와 소란한 둘레는 비례한다

실체 없는 폭로들
던진 돌이 날아와 퍼지는 파장, 그 안쪽은
고요하다

둘레에 도착한 직선의 반지름
깊이가 탈락되고 남은 넓이는 상처의 몫이다

그 많던 동그라미는 어디로 갔을까

둥근 하루가 반으로 접히고 파문이 가라앉은 후
나의 수면은 중심이 휘청거린다

막말의 둘레는 지름 곱하기 씁쓸함이다

회전문

거대한 세계는 출입구에 회전문을 세우고
어떤 바람이 달려와도 단숨에 열리는 법은 없어요

바람개비 통째로 유리 속에 꽂아 돌리며
달려온 바람을 품어 단련시켜요

문 앞에서 걸음을 멈추고
빙글 도는 그 안으로 들어가고픈 이력서들이
줄을 서서 기다리죠

둥글게 돌아 나온 안쪽 공기를 투명하게 맛보며
회전하는 속도에 발을 맞추며 못 견디게
꽃이 되고 싶은 사람들

잠시 꽃병에 갇혔다 나와 옷깃을 여미는 사람에게
저 문은 냉정하죠

내 앞, 육중한 회전문
당신을 찾아가는 입구는 닫혀있어요

피로사회 콘텍스트

쌓인 책들 높이만큼 울창한 숲,
책상 앞에만 앉으면 허공이 쏟아져요, 와르르
눈꺼풀을 덮쳐요
잎이 지는 나뭇가지들 안개 속에 소곤거려요
더 이상 읽고 싶지 않은 입술들이 울긋불긋 물들어요
칡넝쿨 같은 피로가 다리를 타고 올라오고
자음에 달라붙는 모음들, 지친 활자의 졸음이
책상 위로 내려앉아요
포개진 손목 위로 이마가 떨어져요, 쿵
숲의 덧문이 열려요
관절이 닳은 쪽잠이 절뚝거리며 숲길을 걸어
파일을 정리하고 저장 공간을 넓히려
눈꺼풀 안쪽에 커튼을 드리워요
해결하지 못한 피로는 왜 늘 구석에서 뭉칠까요
온몸에 스크럼을 짜는 시간들
사로잡힌 순간, 정보에 굴절된 시간들이 삐걱거

려요

발작처럼 새벽이 오면 텍스트 저편,

폭발하는 아침노을로 해당화가 번져요

새들의 하품이 가지를 흔들면 엎드린 시간이

화들짝 깨어나요

임시파일이 삭제되고, 만성피로의 나팔꽃잎

허공에 넝쿨을 한 뼘 늘리고 있어요

새의 이름은 미세

미세라는 새가 태어났습니다

신종 조류입니다 먼데서 날아온 혹은 가까운 바닥에서 날아오른 아주 작은 새입니다 너무 작아 조류가 아니라는 설도 있지만 하늘을 덮는 힘찬 날갯짓으로 보아 새의 무리가 분명합니다

주로 ㄴ자 ㅅ자형 경로로 공중에 유입됩니다 모든 철새들이 그렇듯 번식지와 월동지를 가릴 줄 압니다 봄은 떠돌이새들이 창밖에 번식하기 좋은 계절입니다

무리가 많고 적음에 따라 하늘의 낯빛이 바뀝니다

나쁨 아주 나쁨 보통으로 하늘의 컨디션이 손바닥에 전송됩니다 밀도가 다를 뿐 사시사철 공중을 장악하는 텃새로 점차 변해갑니다

식욕이 좋아 검고 날카로운 부리로 푸른 하늘을 뜯어먹고 사람의 식도와 기도로 스며들어 위와 폐에 둥지를 틉니다

하늘에서 초록 눈이 내리는 곳도 있습니다

숲은 어린 산세베리아 고무나무 야자나무에게 방독면을 씌워줍니다 꽃들과 나비들은 호흡기가 사라지고 가만가만 숨을 몰아쉬는, 복면을 쓴 벌레도 생겨납니다

천적은 비와 바람입니다

비와 바람은 뿌리 없는 것들을 흩어놓습니다
오늘, 힘찬 바람이 조류를 몰아 어디론가 이동하고 있군요

부화기

여름은 소란을 품는다

매미는 날개 볼륨을 고음으로 틀어놓고
선풍기 소음은 3단 기어를 밟는다
욕실 문은 샤워기 소리를 틀었다 잠궜다
한밤이 소란하다

베란다에 잠든 수정란 몇 알
몇 날 며칠 내리쬐던
불볕더위가
밤새, 달걀판을 품었다

새벽녘, 소음이 깨어나기 전
작고 까만 목숨 하나 쩍, 알껍데기 깨고 나온다
울록볼록한 바닥 위를 일어서다 넘어지며
삐악삐악
제 어미를 찾는다

어디 갔을까
여름의 이마는 잠시 식어있고

무더위는 암컷이었다

바람의 경제학

희망온도를 올리면 희망도 올라갈까요
정부가 발표한 가정용 전기요금 인하 방안
그 첫 소식을 전하는 뉴스 화면이
뜨거운 자막을 쏟아놓네요 후끈
여름밤이 달아올라요
쓰면 쓸수록 몸집 불어나는 바람의 속사정
더위의 부피를 줄이려 빈 지갑이 해종일 와글와글
백화점에 모여요
태양의 체온으로 선택되는 바람의 세기
손부채를 일으키던 꽃바람 솔바람이 날개를 달고
원터치 손끝에 날아올라요
에어컨의 바깥은 지구 온난화,
연신 뜨거운 속내를 뱉어내는 열대야
실외기의 가슴은 밤낮으로 끓어 넘쳐도
뼛속까지 시려오는 바람의 모서리에
여름은 옷깃을 세워요
누진세를 마주하는 가슴은 바짝 얼어붙어요

에어컨 한 대는 선풍기 스무 대의 전력,
최저온도를 높이고 선풍기 날개를 공유하는 것
사람도 바람도 힘차게
희망을 돌리는 건 바닥의 힘이에요

바닥이 바닥을 치다

바닥의 몸부림은 둥글다

더 이상 내려갈 곳 없다 생각될 때 바닥은 제 몸을 치고 일어선다

주전자에 물을 담아 불 위에 올려놓고 기다릴 때 불기운에 인내심이 바닥이 날 때

바닥은 자신을 짓누르던 수심을 둥글게 말아 수면 위로 힘껏 밀어올린다

물방울 속 공기는 참고 참았던
바닥의 깊숙한 호흡,

주전자 뚜껑이 허공의 멱살을 들었다 놓는다

궁지에 내몰려 자존심이 바닥을 칠 때 바닥도 막

다른 쥐가 되어 고양이를 물어 뜯는 것이다

바닥이 쿵, 쿵, 발을 구르면 둥그런 오기 한 방울 수면 위로 떠오르고
그 곁에, 망설이던 작은 몸부림들도 일제히 보글보글 일어선다

부르르 바닥이 끓어오르고
바닥을 겪어 본 물방울들은 수면을 뚫고 뚜껑 밖으로 솟구친다

바닥이 바닥을 칠 때 파르르 물이 일어선다

단추는 어디에 숨는가

단추는 납작한 단서입니다

언젠가부터 차를 마시면 사레가 들립니다
찻잔 속 안부를 성급히 마시려 했기 때문일까요
기도로 들어선 불청객을 밀어내려 기침이 재채기
로 바뀝니다
재채기를 하는 날은 잠깐 나를 놓아버립니다
단추가 물어옵니다
놓아버린 것이
나일까요 납작한 집착일까요
실이 단추의 손을 놓았는지 단추가 실의 손을 놓
았는지 손목은 알 수 없습니다 재채기는 옷소매로
가려야 하니까요

단추는 구멍의 기록입니다

단추가 달린 곳은 깊숙한 안쪽을 지녔습니다 궁

금한 것은 대체로 깊숙하니까요
순간 단추가 캄캄해집니다
낙하의 속도까지 입술에 닿았지만 끝맛을 놓쳤습니다
동그란 것은 굴러가기 유리합니다
눈이 동그래지고
조그맣게 몸을 말아 꼭꼭 숨어있던 저녁의 구멍을 떠올립니다
매트 위를 두 번 연속으로 구르던 친구가 사라졌습니다
책상 다리는 그의 행방을 알까요
떨어진 단추는 천천히 술래가 되고 싶습니다

실밥의 재채기를 귀에 꽂고
떨어진 것은 더 둥글고 납작해집니다

아무도 단추의 그 다음을 적지 못하는 이유입니다

해리* 동향보고서

거울 속에서 구름이 발아해요
구름의 가벼운 발자국이 뭉치고 흩어지는 입구
어디쯤 나는 서 있어요
왜 구름은 시시각각 거울을 바꾸는 걸까요
속이 들여다보이는 날씨
걷히는 구름을 따라 길을 걸어요
종잇장 같은 하루
찢어지기 쉬운
무심한 화면을 검지로 튕겨요 물결로 번지는 얼굴, 한 물결이 다른 물결에게로 귀가 귀에게로 달려가는 불안한 파장의 수군거림,
가라앉은 심장이 떠올라요
누굴까요 수면에 비친, 물결 사이 표정들
구름이 거울을 갈아 끼워요 모이고 뭉치는 말들, 떨어지는 빗방울, 튕기고 생겨나는 얼룩들
구름의 손거울은 낯선 내 뒷모습을 낳았죠
멀어지는 나의 등에 가만히 손을 얹어요 거울 속

에 잠깐 스친, 나의 전부가 될 수 없어 쓸쓸한

해리, 내 안의 당신을 꺼내요

시키는 대로 미소 짓고 싶지 않아 부디 나를 놓아요

오늘의 날씨는 폭설이죠 푹푹 빠지는 침묵 속에 차가운 얼굴을 묻어요

창은 두 개의 엄지로 열려요 동그란 창문을 띄운 눈동자가 거울 속에서 묻네요

지금은 어디인가요

희미한 빛깔로 지탱해요 꽉 끼는 팔다리를 벗고 싶어

아슬아슬 구름이 걸린 난간,

나를 끌어모으기엔 너무 멀리 가버린

나는 쏟아지고 있어요

* 해리성 장애는 평상시에는 통합되어 있는 개인의 기억, 의식, 정체감, 지각기능 등이 붕괴하여 와해된 행동상태, 여기서 해리解離는 연속적인 의식이 단절되는 현상을 말한다.

3번 출구는 없었다

서울역 역사 안쪽 희미한 푯말을 좇아
에스컬레이터를 탄다
거꾸로 흐르는 강줄기는 출구로 데려다 줄 수 있을까

둘러봐도 3번 출구는 실종이다
발자국들만 사방으로 흩어진다 무리에 섞여 가까운 2번 출구를 빠져나오고
한 뭉치 도시의 발걸음이 도착한 정거장
일산행 버스는 없었다

액정판을 열고 내비게이션에게 길을 묻는다
저쪽으로 쭉 걸어가세요,
손가락이 가리키는 방향으로 4번 출구가 당겨진다

지하도 가까이
차가운 길바닥에는 누에고치들이 빼곡하다 때

절은 담요들이 체온을 둘둘 말아
어둠을 움켜쥐고 있다
우화의 봄은 지하에 두고 온 걸까

물살이 거센 도시의 밤, 어딘가로 떠내려간 3번 출구

헤드라이트가 발등에 부딪히고
출구 없는 불빛들이 밤의 너울에 표류하고 있었다

비트코인

고양이는 두 귀로 레이더를 세우지
보이지 않는 기척을 캐내려 정면을 보지만 발밑을 기어가는 벌레 소리마저 잡아채려는

시인의 서재는 갱도의 막장*, 백지를 열고 뼛속 깊숙이 헤드라이트를 비추며 순도 높은 언어에 닿으려 하지
아무도 만져보지 못한 첫 생각을 채굴하기 위해

허공에 매몰된 황금을 좇아 0,1,0,1,0,1 곡괭이 소리 전진하지 컴퓨터 광맥을 따라 시간의 안쪽 천 미터까지 내려가지
태곳적 소금과 사라진 조개껍데기와 볼 수도 만질 수도 없는 엘도라도의 보물을 찾아

공개키 암호를 잃어버린 조개의 주검이 검은 입을 앙다물고 부유하는, 흑우와 고래가 묻힌

깊은 바다 속으로
고양이의 촉수도 시인의 펜대도, 살아남은 흑우도 고래도 그곳을 떠돌지

쪽박과 대박은 왜 아귀가 맞지 않을까

미지味知는 힘이 세고 부재不在는 매혹적이지
보이지 않는 것이
보이는 것을 밀고 가는,

마지막 하나를 감춘 막장은 입을 지우지

* 지식인의 서재「김훈의 서재는 막장이다」에서 변용.

커밍아웃

K, 너는 봄을 튜닝하는 중,

너의 말이 팽팽한 현을 튕겨 붉은 꽃잎을 떨구어요
어지러운 악보가 이명으로 조율됩니다

운명을 양손에 쥔 너는
어느 것도 놓지 못하는 괄호 속 문장입니다

그때 아득한 자궁 속에서 너의 씨앗은 무엇을 만졌던 걸까요
경계를 넘는 것은 몸의 괄호를 푸는 일
괄호 속에 발목 잡힌 기쁨과 슬픔을 꽃피우는 일입니다

흔들리는 창가,
세찬 빗줄기에 고백이 젖고 있어요

뭇시선을 떠안아야 할 도무지 가닿을 수 없는

창밖은 아직 어둠 속입니다
음과 양에 대하여는
달싹이며 머뭇거리는 입술을
빛깔이 같은 것들을 한껏 비끄러매면서 모이고 흩어지는 통사의 뭉치들

떨리는 심장이 놓인 탁자
창밖에는 누군가를 이해하는 듯 모호한 바람이 불어요
괄호의 허리를 반대쪽으로 꺾으며 이쪽과 저쪽이 입장을 바꾸어 덜컹입니다
차가운 하늘이 겨울로 정돈되고 뜨거운 가슴이 난로로 익어가는

하얀 고백과 더 하얀 독백이 맞잡은 손

너는 아직 봄이니 좀 더 기다려 보자

촉촉한 엄마의 말이 강물 쪽으로 휘고 있어요

| 4부 |

신춘사진관 프사 찍기

빛의 표정을 바꿔가며
찰칵찰칵, 소나기가 퍼붓네요 카운트를 생략한 채
20분 동안 그가 찍은 각의 표정은 400컷,
엣지 있게

이젠 모니터 앞에 앉아
넷을 셀 동안 넷 중에 셋을 버려야 할 시간,

좌우 비대칭, 눈을 감거나 인상을 쓰거나 우울한 표정
사색의 깊이가 부족하고 표정이 산문처럼 지루하고 미소가 상투적이면 던져버려요
눈가에 얼룩진 비의 그늘과, 시든 목련의 누렇게 뜬 미소도 골목길 외등의 깜빡임도 버려요
당락을 가르는 건, 단 1초입니다

주름진 문장, 허술한 문맥을 수정할 수 있나요

개성 있는 포즈와 발랄한 눈빛이 돋보이는
1번, 4번 두 장을 골라도 되나요?

살아남는 건 그날의 운세일까요
심사위원의 기호는 블랙이거나 라떼거나

400대 1을 뚫기까지 단 10분의 토너먼트

간택된 사진 한 장,
빛의 성형에 들어갑니다

미니멀 라이프

그녀는 가볍지 않아요
밥 대신 여백을 지어 허기를 채우는 그녀는 무거움을 버리려 해요

여백은 밥을 밀어내요
썰물 때 손가락 첫마디가 쓸려갔지만 싹이 돋고
고통은 금세 잊혀져요 손가락 한 마디만큼 더
가벼워져요

그녀의 허리는 개미처럼 가늘고 개미 등에 실린
짐은 무거워요 무거움을 덜기 위해
썰물이 그늘 뭉치를 서쪽으로 옮겨놓아요
그녀의 눈동자가 빛나요

눈동자는 자꾸만 자라나요 커다란 눈으로 바라보는 바다는
밀어낼 것이 많아요 바다가 쥐고 있는 것을

놓기 위해 썰물은 서둘러야 해요

미술관에서 마릴린 먼로 얼굴을 보았어요 입가에 점 하나만
달랑 남아 있었죠 눈과 코를 지우는 일은
쥐고 있던 것을 놓아주는 일이에요

뒤통수는 버려선 안 될 수만 가지 이유를 떠올려요
눈물 콧물 쏙 뺀 그녀, 모두들 채우려 할 때
비우려 몸부림을 치다 바다가 되어요

멀리서, 바람과 햇살이 바다를 골고루 나눠가질 때
비로소 그녀는 날개가 되어요

쇼핑back

그녀는 싱그러운 풀숲에서 눈이 멀죠
고릴라처럼 덩치가 크고 식욕이 강한,
그녀의 열대우림엔 하루에 두 번 달이 떠요
네 시의 낮달이 하얗게,
어둑한 열한 시에서 또 한 차례
하지만 곧 꺼지고 말죠
그래서 그녀는 서둘러 서핑을 해요
보름달을 상향등으로 켜면
풀빛은 환해지고 회전마저 자유롭죠
가격은 장바구니 안에서 부풀어요
백화점 카드는 반액 할인의 모피코트,
쇼핑은 외로움이 할인되고 기쁨은 마일리지로 쌓여요
고릴라의 눈 속에 별이 지면
쇼핑백 속에 납작납작 두께를 상실한 통장이 바닥을 드러내고
빈 지갑엔 창백한 마이너스들이 울창해요

신용카드와 결별하면 떠나간 사랑이 돌아올까요
우울과 실연이 신상으로 입고되었다는 문자,
환불을 발송할 차례에요
외로운 고릴라, 유턴을 쇼핑백에 담고 싶은 건가요
기다란 팔의 든든한 백허그가 그리운 건가요

마카롱의 서쪽

이곳은 원색의 달이 뜨는 곳
달뜬 꽃잎들 피어나는 곳

파랑새를 좇아 서쪽으로 달려왔죠 노을은 동쪽을 향해 붉어집니다

저 달은 뜨고 지는 수제마카롱,

매끈하고 바삭한 크러스트에 부드럽고 촉촉한 노랫말을 끼워 넣은
원색의 유혹은 달달해요

(빠르게 믹싱, 재빨리 짜내야 해요)

머랭과 머랭 사이 달콤한 환호가 부풀고

(머뭇거리면 머랭이 죽어요

기포가 쏜 총알에 힘없이 무너질 수 있어요)

발끝에서 머리까지, 노랑에서 보라까지 동그란 하모니가 맛있게 구워지는 서쪽은 지금 오븐 속에 뜨겁습니다

몸에 꼭 맞는 춤을 입고 쫄깃한 스텝을 밟는 꽃들 한쪽으로 쏠리는 명랑한 바람의 빛깔들

(두 유 노우 비 티 에스?)
알록달록 립싱크가 빌보드차트 위로 왈칵 엎질러집니다

동쪽은 줄곧 달이 떠오르고
활자가 파랑새를 타이핑하며 날아오르는 오! 빛나는 서쪽입니다

붕어빵

어머니 달구어진 빵틀에 반죽을 붓는다
불꽃 위를 빙빙 도는 쇠틀을 뒤집는다
갇힌 틀 속은 안전해, 타지 말고 잘 익거라
화초를 키우듯 살핀다 갈고리로 뒤집고 돌리고
되 뒤집어 열어본다, 잘 구워지고 있는 거니?
틀을 붙잡고 빙글빙글 헤엄치는 물고기들
뚜껑을 연다
달콤한 팥을 품고 익어가는 아이들
똑같이 찍어낸 황금붕어들
뜨거워요, 아버지
물고기는 물속에서 물을 볼 수 없단다
구워지는 붕어는 불을 볼 수 없어
아버지 지느러미 그을린 검댕을 탁탁, 떨어낸다
봉투 속에 바삭한 붕어를 넣는다
버스가 롱 패딩 입은 아이들을 우르르
학원에 쏟아놓는다
김이 모락모락 나는 물고기를 입에 물었다

애인論

이 세상 어딘가에 핀
보랏빛 짙은 도라지 꽃말이라던가, 달빛 아래
노랑이 눈부신 달맞이 꽃말이라던가
서가에 꽂혀있는
퐁네프 연인들의 아찔한 입맞춤 같은
초승달 웃는 입가에 조그만 점 하나
개밥바라기 별빛 같은
그 미소 너머로 은하수가 환하게 번지는
한 뼘 멀리 있기에 맨드라미 꽃빛만 짙어지는
세상이라는 책갈피 어디쯤 감추어
몰래몰래 펼쳐보고 싶은
그 페이지 깊숙이 간직한 네잎클로버 같은
어느 삶 모퉁이를 샤갈의 그림처럼 다녀갈
기꺼이 뭉게뭉게 꽃구름으로 피어날

그마저 스쳐 지나면 천년은
더 기다려야 할,

웨딩카 랩소디

결혼식장 밖,
방금 찍어낸 신혼이 활짝 피어난다
사방에 나비가 날아오르고
사계절 꽃들로 환하다
콩꺼풀에 콩꺼풀을 덧댄 출발이
하늘하늘한 리본을 얹고 그들 앞에 대기 중이다
햇살이 둥근 모서리마다 보석으로 박히고
여기저기 묶어놓은 색동 끈들이 구불구불 바닥까지
흘러내린다
네 개의 바퀴가 터질 듯 팽팽하다
드디어 결혼의 문을 열고 연애가 탑승한다
꽃웃음 매듭이 터지고 시동이 걸린다
달콤한 꿈을 주유한 출발이 미끄러지듯 나아간다
달리는 길가에 화르르 꽃잎이 날린다
연애를 움켜쥔 신혼에 달이 떠오르고 서행을 위한
방지턱이 덜컹거린다

그들의 별로 가는 길, 이따금 엇갈린 바람이 분다
오늘의 톨게이트를 통과하면 연애가 해체되고
결혼이 다시 조립된다

보일 듯 말 듯 보이지 않는 것들이 두근거린다

리마인드 웨딩

나무 한 그루 되감기 한다

오래된 비디오 플레이어에 딸깍, 나무를 끼워 넣고
왼쪽으로 난 화살표 버튼을 누르면
비구름 벗고 겹겹이 바람을 벗고
내리던 낙엽, 날리던 꽃잎 모두 생생한 가지로
되돌아오고
둥지 틀던 새들, 접은 날개 펼쳐 뒷걸음질 치며 날아오르고
반짝이는 잎사귀 꼬깃꼬깃 접어 넣는 잎눈들
태양으로 뻗는 나무의 팔들, 얼룩 같은 땅 그림자 모두
거두어들이고
간이역 닮은 묘목을 지나 우주의 비상구 털썩 닫고
캄캄한 흙속으로 들어가

자그맣고 환한 행성 하나 두근두근 숨을 고른다

저 멀리 물방울 터지는 봄비 소리,
한 톨 씨앗 속에
백년 나무 로드맵이 꿈틀거린다

불안의 로드뷰

우편물 종류, 등기
발송처, 서구청 교통계
재방문 날짜에도 안 계시면 우체국에 보관 예정이오니 방문 수령 바랍니다

퇴근길, 우편함에 붙은 포스트잇 한 장이 빈집의 부재를 알린다

그때 사거리 불법 유턴을 붉은 그 눈초리가 보았던 것일까

맥박에 달라붙은 어둠 한 조각 재빨리 팽창한다
쿵쾅거리는
발자국 소리,
가파른 불안이 계단을 뛰어내리고
짧은 보폭의 생각이 조급히 계단을 오른다

황색 신호등의 꼬리를 밟던 날들
속도를 위반한 바람, 불법 주정차한 저 꽃잎들
비벼 끈 담배꽁초 하나가 층계참에 서성거린다

오늘 내게 도착한 것은
바람의 길목에 웅크린 길냥이 눈빛

푸른 신호등은 지금

부재중이다

비로소 자유로운

꽃이 진다
고개를 심장으로 끌어당기며

꽃병 아래로 걸음을 옮기며 장미가 장미를 빠져
나온다 낱장의 호흡이 흘러내리고

귀퉁이가 말라버린 꽃잎을 바닥이 묵묵히 받아
안는다

신고 있던 뿌리를 벗고
꽃병 속에 맨발로 내려섰을 때 장미는 허공을 조
금 더 움켜쥘 수 있었을까
더 이상 빛을 들이켤 수 없을 때 장미는 장미를
놓아버린다

힘껏 조였던 허공을 풀고
지상에 켜놓았던 화려한 전등을 끈다

입었던 옷 한 벌 발치에 벗어놓고 붉었던 열흘을 내려놓고
꽃은 꽃을 떠나간다

비로소 가볍고 환한 어둠으로
장미를 갈아입는다

들여다보다

유리액자 속 꽃그림

말구유에 담긴 물 위로 찰랑 떠있는 연꽃송이들, 꽃잎이 밀어올린 화사한 오후를 그림 속 푸른 하늘이 가만 들여다본다

물 위에 뜬 시간이 유리를 빠져나오고 액자는 유리의 눈으로 전시장 안쪽을 들여다보고

물과 꽃과 시간을 말끔히 비운 구유는 성탄의 마구간을 들여다본다

아기예수가 말구유 속에서 들여다보는 세상의 안쪽,

구원이 자리를 비운 성탄, 구유 속에 들어가 앉은 길고양이 한 마리

지나가던 눈길이 성탄의 안쪽을 들여다본다

눈길 안쪽 깊숙이

들여다보는 곳은 왜 언제나 촉촉할까

시골 마을 한 집 건너 독거노인을 오가며 남몰래 끼니를 들여다보는
은미네 아줌마,

일용직 근로를 마치고 돌아오는 길
개밥바라기별이 그 따듯한 동선을 조용히 들여다본다

기울어가는 부양

시골 빈집이 할머니를 부양해요
세간살이 뼈들이 골다공증을 앓고 있는
기울어가는 부양
가끔 앞산에서 날아오는 뻐꾸기소리가
업둥이 딸처럼 다녀가요
쪽마루에 앉아 맛보는 봄볕은 달달한 간식이에요
자고 나면 조금 더 기울어진 흙벽 안쪽에서
할머니는 헐거운 세간이 되어가요
가까스로 빈집에서 벗어난 집은
사람을 놓칠까 걱정이 많아
새벽 일찍 방문을 열어보지요
빈집의 적막은 죽음과 똑같은 무게니까요
휑한 집안에서 느슨한 걸음을 움직이게 하는 건
세끼 밥 때에요
양은냄비 하나가 먼저 간 아들처럼 살가워요
외로움을 넣고 미움도 끓여 마시면
비어있는 컴컴한 구석을 채울 수 있어요

그토록 마음 기울인 자식들은 어느 쪽으로 기울었을까요

텃밭에 심으면 파릇한 안부가 돋을 거라며
주름진 시간이 호미를 손에 쥐어주네요
빈집은 조였던 관절을 풀어
할머니와 기울기를 맞추곤 해요
오늘은 봄바람이 부양을 하겠다고
한나절 빨랫줄을 흔들다 갔어요
남은 살과 뼈를 빈집에게 나누어 주며
할머니는 조금씩 지워지고 있어요

백색 외출

휴대폰을 두고 왔다 두고 온 기억을 배설하고 물을 내렸다 적체된 하루가 크르륵, 변기 속에 빨려들고 요란한 물소리의 꼬리를 화장실문이 잘라냈다 손등의 물기가 핸드드라이어 속에서 흩어지고 휴게소 공중화장실이 분주히 열리고 닫혔다 무게를 덜어낸 사람들이 출입구 벽거울 속으로 사라지는 동안 목적지를 향한 네 바퀴는 가뿐히 부재의 핸들을 꺾고 있었다 도로의 적체가 풀리고 부재중 통화 신호음이 환청으로 떠오를 때 비워진 변기 속으로 다시 차오르는 절반쯤의 기억, 풀어놓은 두루마리 도로를 유턴으로 되감는다 오늘은 얼마만큼 사라져버린 어제일까 잘려나간 시간에서 개망초 풀꽃냄새가 난다 절단면이 끊긴 하얀 휴지를 구겨 넣고 밸브를 내려버린 그곳에 쓰여 있는,

이곳은 휴지통 없는 화장실입니다

마지막 종지기

마지막은 고요히 처음에 닿았네

대전 대흥동 백년 성당, 허름한 걸음이 120칸 가파른 계단을 오르네
종탑에 이르는 좁다란 하늘 길을

라디오 속에 넣어둔 정각을 꺼내어 수많은 정오와 저녁을 타종했던 50년,

세 가닥 밧줄을 번갈아 움켜쥐고 온몸을 실어 지상 깊숙이 가라앉으면 하늘의 입술이 열리던
소리의 표면장력이 부풀어 쏟아지던 은총

풀밭 가득한 초록의 세간으로
제비꽃 귓속으로
삶을 타종하던 가난한 성자의 빌뱅이* 언덕으로

하늘은 그에게 소리새를 날리는 밧줄을 쥐어주었네
고요한 깃으로 도시를 품고
껍데기를 두드려 단단한 것들이 가슴을 열던

허공은 종지기의 고독한 성소
타종은 구슬이 되어
어디론가 굴러간 은총은 도무지 찾을 수가 없었네

정각의 라디오 속에서 성자가 걸어 나오네 디지털에게 밧줄을 건네고 종탑을 내려올 때

잘하였다,
착하고 성실한 종鐘아

가을 햇살 따사롭게 쏟아지고

그가 간절히 매달렸던 허공이 높고 파랗게 멍이 들어 있었네

* 종지기이며 동화작가였던 고 권정생 선생이 살던 탑마을 뒤의 언덕, 그의 산문집 제목이기도 하다.

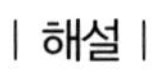
| 해설 |

사물과 삶을 접목한 절묘한 방식

마경덕(시인)

시를 쓰기 위한 "대상"을 앞에 놓고 제일 먼저 떠오르는 생각은 시가 될 확률이 낮다. 떠오르는 익숙한 것들을 제해버린, 생각 밖의 것들, 즉 생각하지 못한 "나머지"가 대부분 시의 소재가 된다. 이때 시인은 실제성을 고민하게 된다. 자신이 생각하는 것들은 이미 남들도 그렇게 생각하고 있기 때문이다. 창작은 "인식의 전환"으로 시작된다. 시는 시인의 인식을 통해 이해되고 전달되기에 불확실한 것들을 의심하고 확인하며 시인은 교란攪亂을 유도한다. "안전망 없는 이미지의 시대에 발을 딛고 선 당신의 세계가 아주 잠깐이라도 흔들리기를 바라며 관객들에게 질문을 던진다"는 어느 작가처럼 작품 속에 교묘하게 덫을 놓고 독자가 미로에 빠지기를 잠잠히 기다린다. 바다나 호수의 수면으로부터 수십 미터까지 비교적 같은 온도를 유지하는 "물의 교란층攪亂層"이 있듯이 시인은 "시의 교란층" 어디쯤에서 형상화된 이미지가 뒤집히는 출렁거림을 기대한다.

시의 표정이 달라져 일어나는 파동은 "즐거운 교란"이다. 답이 없는 "미궁"보다는 출구가 있는 "미로"가 흥미롭다. 예측하지 못한 어떤 것들은 신선한 자극제가 되어 긴장감을 유발한다. 시 쓰기는 어떤 충돌을 기대하며 마음을 작동시킬 스위치를 적재적소에 배치하는 것일지도 모른다. 곳곳에 장치된 문장에 감전이 되는 순간, 무릎을 치게 될 짜릿한 생각은 발명품과 같다. 시 쓰기는 보이는 것들의 뒤에 숨어 보이지 않는 것들을 찾아내는 다감각적 작업이다. 예藝의 기능 중 중요한 것은 창조와 창작이다. 누군가 먼저 발명해버린 특허권을 획득한 작품을 표절하면 문제가 된다. 남다른 시를 쓴다는 것이 쉬운 일이 아님을 알 수 있다.

홍계숙 시인의 시적 경향은 "사물에 대한 관찰"

에서 출발한다. 새로운 이미지를 창출해내는 특유의 도전적 성향은 익숙함을 "낯섦"으로 바꾸는데 주저하지 않는다. 평면적인 공간에 입체적인 리얼리티를 설치한 그의 시편들은 시적 상상력을 가미해 다양한 변주를 시도한다. 무엇보다 홍계숙 시인의 특장점은 사물이 지닌 이미지를 현실과 접목해 독자가 독해讀解 할 수 있는 새로움을 추구한 점이다. 시의 소비자인 독자들은 출시된 제품을 먼저 구입해 평가를 내리고 제품의 정보를 알려주는 '얼리 어답터' 여서 소통은 중요한 몫을 차지한다. 홍계숙 시인의 공감력이 높은 상상력은 거부감 없이 작품 속으로 스며들게 한다.

개 한 마리 키우실래요?

죽기 살기로 부딪쳐 본 적 있나요 진퇴양난이 붉은 잇몸을 드러낼 때 느닷없이 달려드는 개를 보았죠 죽어야 사는 여자, 그 영화 포스터가 걸린 담벼락에서

여섯 살 때 친구에게 달려든 개가 내 심장을 삼켜버

렸어요 고통을 물어뜯은 타액이 뚝뚝 떨어지던 나는 심장 한쪽이 없죠 개도 안 물어갈 심장이 남아있다는 건 얼마나 다행한 일인가요

아, 가끔 비명이 빛보다 빠르죠 소리의 누런 이빨 사이로 시큰한 통증의 향내가 풍겨요 오른쪽 팔을 들어 올릴 때,

오르막길일까요, 내리막길일까요
외투의 중턱에 지퍼가 끼어 웃지도 울지도 못하네요
오십의 안감을 꽉 물고서

사육에도 내공이 필요해요 내공은 어깨 근육 속에 있죠 개가 짖을 때, 끼인 지퍼의 기분을 살짝 들어서 올려야 하듯

오십은 개가 물어뜯기 좋은 나이
놓치고 돌아온 무지개를 되돌아보는 나이

개에 물린 날들이 견갑골에 기록된

컹컹, 어깨 깊숙한 짐승의 울음을 꺼내야 해요

—「오십견(犬)」 전문

동음이의어인 견肩과 견犬은 퍼포머로 관계를 맺으며 "공간을 이동"한다. 그 둘의 사이를 은폐하며 어깨를 물어뜯은 개와 오십견을 우회적으로 보여준다. 기억 속에 잠재된 개의 이빨은 어느 순간, 견갑골에 기록된 통증으로 환치된다. "컹컹, 어깨 깊숙한 짐승의 울음"으로 청각적 이미지를 발현시키고 어깨肩와 개犬의 간극을 하나로 일치시킨다. 흔히 50세 이후에 발생하는 오십견은 별다른 외상없이 어깨에 발생하는 질환이다. 심한 통증으로 팔을 위로 들어 올리기도 어려워 일상생활에 불편함을 준다. "오르막길일까요, 내리막길일까요/ 외투의 중턱에 지퍼가 끼어 웃지도 울지도 못하네요/ 오십의 안감을 꽉 물고서"에서는 인생의 중반인 중년과 겉옷의 안감을 꽉 물고 이러지도 저러지도 못하는 지퍼의 모습을 통해 일상생활에 불편을 주는 오십견의 만성 통증을 연상하게 한다. 주목할 것은 '물다' 이다.

시인은 '물다' 라는 동사를 통해 개가 지닌 이미지를 확장해나간다. 가해자와 피해자가 발생하는 장소는 사람의 몸인 어깨이다. 중년을 넘어서면 하나둘 나타나는 질병들은 이빨을 드러내며 건강을 위협하고 가해자인 견犬은 쉽게 잡히지 않는다. 중의적의미를 지닌 견肩과 견犬이라는 혼재된 이미지의 다양한 변주를 통해 긴장감을 유지시키는 「오십견(犬)」은 질병에 노출된 중년의 건강에 적신호를 보내고 있다.

독과 약은 같은 뿌리에요

유전자의 출발이 같다는 말인데요, 콩에서 건너온 두부가 다시 콩으로 돌아갈 수 있을까요

어머니는 새벽기도에 콩을 불려요 기도 속에서 토끼가 뛰쳐나오고

딱딱할수록 오래 불리고 곱게 갈아 푹 삶아야 한다고

아버지 수의를 깁고 남은 베보자기, 그 밑으로

콩물이 뚝뚝 떨어져요

어머니 기도는 콩의 코딩부호를 해독 중,
기도가 두부를 콩으로 되돌릴 수 있을까요

남편 복 없으면 자식 복도 없다는 수식의 모스부호는 0이거나 1,
모 아니면 도, 라는 치기어린 질주로

콩이 기도에 끓여져 차가운 틀 안으로 들어갔죠
양심을 간수하지 못했거나 바닷물의 염도가 맞지 않았거나

물컹한 토끼는 어디로 달아났을까요

틀 속에 콩물을 붓고 압력을 가하고
흉건한 자유를 빼내며 말랑하게 혹는 단단하게 굳어가길 기다리는 시간,

잃어버린 기도를 불러와요

달과 어둠의 값으로

—「두부와 기도에 관한 알고리즘」 전문

어떤 문제를 해결하기 위한 절차, 방법, 명령어들의 집합인 알고리즘은 프로그래밍 언어를 사용해 하나의 작업을 수행하는 방법의 서술이며 논리 요소와 통제 요소로 구성된다. 논리적인 어머니와 그 논리를 지배하려는 아버지는 알고리즘적인 관계이다. 마치 "콩과 두부"가 하나이며 "독과 약"이 한 뿌리이듯 불가분의 관계에서 억압하고 억압 받으며 살아온 부부의 모습이다. 아버지의 수의를 짓고 남은 자투리 베보자기 밑으로 떨어지는 콩물은 어머니의 눈물로 읽힌다. 아버지를 위해 드리는 어떤 기도도 두부를 콩으로 되돌릴 수 없을 것이다. 기도할 때마다 토끼처럼 뛰어나오는 기억 속에는 "남편 복 없으면 자식 복도 없다"는 탄식이 들어있다. 자식들이 아버지에게 받은 불운한 유전자의 출발이 같다는 말이다. 끝내 가족을 책임지지 못한 물렁한 토끼는 어디로 갔을까. 재바른 토끼처럼 잡을 수 없는 것들로 가득 찬 기억을 어머니는 왜 놓지 못하는 것일까. 두부는 평소에 아버지가 좋아

하던 음식이었을 것이다. 콩을 삶아 두부를 만드는 과정은 쉽지 않지만 어머니는 여전히 두부를 만든다. 한 남자에게 매여서 자유롭게 살아보지 못한 한 여인은 오랫동안 길들여진 대로 여전히 죽은 남자의 지배 아래 살아간다. 그토록 간절하던 기도는 바뀌었지만 여전히 기도를 드리는 모습은 가족을 위해 헌신한 어머니의 모습이다. 기존의 사회문화적 관습과 알고리즘의 권력에 길들여진 어머니는 "암묵적인 관계"에서 벗어나지 못한다. 맷돌에 갈려 콩은 두부가 되었지만 그 본질은 변하지 않듯이 "사랑과 증오"도 한 뿌리였다. 사회문화적 측면들을 반영한「두부와 기도에 관한 알고리즘」은 한 남자의 보호와 지배아래 살아가던 전형적인 우리의 어머니들이다. 존재는 사라져도 끝없이 가동되는 기억을 붙잡고 살아가는 이 땅의 어머니들, 홍계숙 시인은 "인간과 인간의 관계"를 들여다보며 진정한 행복이 무엇인지를 도출導出해낸다.

거리를 걸어가는 모래시계들
하루의 잘록한 허리 위에서 아래로 흐르며 내일을 꿈

꾼다

물기는 시간의 감정
흐르는 모래에는 물기가 없다 거꾸로 뒤집히거나 세차게 흔들려도 모래는 묵묵히 아래로 흐른다

흐르는 강물을 수직으로 말리면 모래시계가 된다

시간을 낭비하는 사람들
신은 중력의 방향으로 서서히 시간을 허문다

나이는 삶의 밑바닥으로 모래를 쌓는 일, 모래의 심장이 깨어지거나 고꾸라지거나

뜨거운 사막을 직립으로 건너던 아버지
한꺼번에 쏟아졌다

횡단보도 앞 1톤 트럭 사이드미러가 시간의 뒤통수를 친 순간, 아버지는 길바닥으로 모래알처럼 쏟아졌다

두 손은 자유로워도

스스로 시간을 뒤집을 순 없다

—「직립의 시간」 전문

모래는 점성이 없어 스스로 뭉치지 못한다. 한 알 한 알 개개의 모래들이 모여 더미를 이루지만 직립은 불가능하다. 물질과 물질을 접착하는 시멘트의 도움 없이는 그저 모래일 뿐이다. 14세기부터 사용된 모래시계는 이런 모래의 성질을 이용해 만들었다. 가운데가 잘록한 유리그릇에 크기가 일정한 마른 모래를 넣고 두 칸 사이의 구멍으로 떨어진 모래의 부피로 시간을 잴 수 있다.

시인은 왜 시의 도입부에 거리를 걸어가는 모래시계들이라고 하였을까. 빠름, 빠름을 외치는 21세기는 속도를 다투는 전쟁에 뛰어들었다. 오늘날 세계를 작동하는 힘은 속도에 있다. 세계를 강타한 바이러스 팬데믹도 속도전이었다. 전 세계의 흐름을 유튜브나 SNS로 한눈에 알 수 있는 시대, 속도전에 휘말려 속도에 지배당하는 인간은 걸어 다니는 시간이며 언제 깨질지 모르는 유리그릇과 같다.

누가 흐르는 시간을 멈출 수 있으며 뒤집을 수 있을까. 시의 인트로에서 암시한 불안한 기류는 잠복 중이었다. 횡단보도에서 신호를 기다리던 시인의 아버지는 1톤 트럭 사이드미러에 부딪혀 길바닥으로 모래알처럼 쏟아졌다. 사고와 결합한 시점에서 이탈한 아버지, 그와 동시에 인간의 목숨은 모래시계와 같은 것이라는 허망한 결론으로 이어진다. 자유로운 두 손을 가지고도 뒤집힌 아버지를 직립으로 세울 순 없었던 시인의 상처는 가족사를 이야기할 때 극대화된다. 그러나 시인은 자신의 감정에 함몰되지 않고 차분하게 그 파국破局을 감당하고 있다. 아래 「용인 가는 길」에서도 시인이 간직한 슬픔의 깊이를 가늠할 수 있을 것이다.

목련꽃 한 다발을 안고 갑니다

가도 가도 알 수 없는 길을, 알 수 없어 물을 수 없던 멀고 먼 어린 날을 지나갑니다

절반의 꽃씨를 품었던 해바라기 날들을

반그늘을 애써 감추던

바람에 흔들리는 냉이꽃 같던 봄날을
멀고도 가까운 풍경을 한 장 한 장 넘기며 갑니다

푸른 벽 속으로
돌의 내부 같던 터널 속으로
산비둘기 속울음이 새벽의 껍질을 벗기고 있습니다
끌어안을 수 없던 가시들이 가슴을 통과하여
되돌아와 꽂히고
단단히 박음질 된 길들이 펼쳐지고 있습니다

이 길에서 용서는
인터체인지의 또 다른 이름이라는 것을 알았습니다

둥지를 버리고 바람 속으로 날아가 버린 새
봄날을 놓쳐버린,
빈 가지에 두고 간 목련 꽃송이들
나무는 홀로 오래도록 그 자리에 서 있었습니다

슬픔이 만발한 가족공원 저 멀리
냉이꽃을 입에 문 하얀 새 한 마리 날아갑니다

불어오는 바람결에

아버지…

내 안에 남은 절반의 풀씨를 훌훌 날려 보냅니다

―「용인 가는 길」 전문

산비둘기 속울음이 "새벽의 껍질"을 벗기는 시간, 목련꽃 한 다발을 안고 가는 길은 가도 가도 알 수 없는, 알 수 없어 물을 수 없던, 멀고 먼 어린 날을 지나가는 길이다. 바람에 흔들리는 냉이꽃 같은 봄날은 흔들림을 감당한 "고통의 시간"이며 슬픔에 무방비로 노출된 시인의 어릴 적 모습이다. 시인은 자신의 처지를 가느다란 줄기로 꽃을 피우는 연약한 냉이꽃으로 표출한다. 아득한 봄은 늘 가까운 풍경처럼 한 장 한 장 선명한 상처로 남아 재현되고 슬픔도 함께 자랐을 것이다. "이 길에서 용서는/ 인터체인지의 또 다른 이름이라는 것을 알았습니다"에서 보여주듯 시인이 품고 살았던 "상처의 무게"가 만만치 않다.

고속도로에서 만나는 인터체인지는 교통이 지체되는 것을 막고 교차지점에 신호 없이 다닐 수 있다. 시인은 “미움과 사랑”이라는 방향이 교차되는 곳에서 둥지를 버리고 어디론가 날아가 버린 아버지를 용서라는 이름으로 갈아타야 함을 깨닫는다. 그동안 아버지의 빈자리를 차지한 숱한 눈물과 외로움을 내려놓아야 할 때가 된 것이다.

승효상 건축가의 “빈자의 미학”을 보면 어떤 공간을 기능적으로 규정하지 않고, "비워둠으로서 무한한 창조의 에너지로 채운다."고 하였다. “적당히 불편하고 적절히 떨어져 있어 더 많이 걷고 나눌 수밖에 없는 건축이 좋은 집이며 채움보다는 비움이 더 중요하다."고 한다. 남이 가진 것을 가지지 못해 가슴 아린 날들이 많았지만 그 가지지 못한 시간들이 결코 헛된 것은 아니었을 것이다. 바람에 흔들리는 냉이꽃 같던 봄날을 기억하는 홍계숙 시인에게 슬프고 놀랍고 아픈 그 “빈자리”는 문학이 싹을 틔운 자리였을 것이다. 시인 랠프 월도 에머슨은 “시인의 시가 슬프고 절망을 드러냈다고 해서 그의 인생이 슬플 것이라고 판단하지 말라. 서러움을 글에 담을 수 있기에 그는 자유로워지는 것이다.”라고 하였다. 냉이꽃을 물고 날아가는 하얀 새

한 마리는 "용서와 비움"을 상징한다. 어쩌면 홍계숙 시인은 자신의 아픔을 기록하며 "슬픔의 서식처"에서 빠져나올 출구를 찾아냈을 것이다.

불어오는 바람결에 나지막이 불러보는 아버지… 슬픔을 꾹꾹 누르는 모습이 선연하다. 오랫동안 숨겨둔 그리운 이름이 여운을 남긴다. 아름다운 서정시로 이루어진 「용인 가는 길」은 비장미悲壯美가 넘치는 작품이다.

아주 오래 전 연애, 딱
벌어진 틈 사이
잘 구워진 슬픔은 담백한 맛일까

단단한 기쁨을 깨뜨리면 그 안에 쫀득한 귀엣말
사랑이 익으면 영원하리라 믿던
피스타치오,
저절로 벌어지는 소리를 줍던 달빛 아래

솔깃, 달의 솔기가 터지고

뭉친 먹구름을 빠져나온 아이가 어둠 속에서 손뼉을 치네
쏙 빠져나온 쭈글쭈글한 두려움,

자고 일어나 다시 깊게 잠들어버린 태아의 생애를 지나

하루 권장량의 허무와
허름한 강물 소리,

초록의 안쪽은 물기가 사라지고
말랑한 망각은 껍데기 속에서 빛을 바래, 꺼내지 못한 약속의 바깥은 쓸쓸해라

버려진 두 쪽의 결기,
온기마저 사라진

골목길 옛집을 돌아 나온 바람의 귀가 말라가네
오십천 버들가지 자꾸만 강물을 쓸어 넘기고 그녀의 껍데기도 점점 얇아지네

벌어지는 소리를 주우려 피스타치오가 익어가는
머나먼 사막 끝으로 술래잡기하듯

드문드문 눈발이 날리네

—「피스타치오」 전문

딱딱한 껍질을 벗기면 나타나는 초록색 열매 "피스타치오", 단단한 껍질은 솔기가 터진 듯 반쯤 벌어져있다. 순간 우리의 시선은 벌어진 틈에 고정된다. 호기심을 작동시키는 "피스타치오"의 틈으로 들어가 보자. "아주 오래 전 연애, 딱/ 벌어진 틈 사이"에서 우리는 예감한다. 사랑의 간격과 간격을, 잘 구워진 슬픔의 맛을.

골목길 옛집의 서툰 사랑의 간격은 딱 "피스타치오"의 틈만 하다. 금방 닿을 수 있는 좁은 그 틈은 끝내 메울 수 없었다. 사랑이 익으면 영원하리라 믿던 쫀득한 귀엣말도 딱 그만큼의 간격으로 멀어져버렸다. 시인은 껍데기 속에서 꺼내지 못한 약속이 그 안에서 빛이 바랬다고 고백하며 "자고 일어나 다시 깊게 잠들어버린 태아의 생애를 지나// 하루 권장량의 허무와/ 허름한 강물 소리"를 듣고 있다. 자라다만 미숙한 사랑은 빛을 보지 못한 태아이며 과거라는 시간 속에서 깊이 잠들어버렸다. 하루 권장량의 허무는 오직 시인만이 아는 "쓸쓸한 무게"이다. 결기가 사라져 이제 강물소리마저 허름하다니, 허름하다가 불쑥 가슴을 붙잡는다. "허름하다"는 것은 "사람이나 물건이 표준에 약간 미치지 못한 듯" 할 때 쓰는 말이 아닌가. 콸콸 흐르던 강물마저 시들해서 허름하다니, 시인의 감성과 우리말의 절묘한 아름다움을 새삼 깨닫는다. 현시대는 이미지를 소비하는 시대이다. 고액을 주고 구입한 브랜드의 이미지는 쓸모보다는 "믿음이라는 이미지 값"이다. 시집 표제작인 「피스타치오」는 사물의 이미지를 잘 활용한 시인의 재치가 돋보이는 작품이다. "피스타치오"의 틈에서 발견한 이 상큼한 재치는 홍계숙 시인을 보증하는 "이미지 값"이라고 계산해도 좋을 것이다.

겨울은 초식성일까요 잡식성일까요

빈 들판에 놓인 의문은 원통형이죠 파랗거나 하얀,

의문의 밑바닥엔 단단한 침묵이 살고 그 속에는 수만 마리 고요의 애벌레가 꿈틀거려요

농가의 공룡 알,

탱탱해지는 추위에도 아랑곳없이 부화를 기다리는 팽팽한 시간 바비큐 깜부기불 위에 구우면 겉은 바삭하게, 속은 자글거릴 달콤하게

추수가 낳은 초식 공룡의 알, 때론

버려진 것들이 겨울의 든든한 먹잇감이 되어요

들판은 겨우내 질긴 고요를 되새김질 중이죠

이삭이 잘리고 언 땅에 뿌리가 파묻혀도 견디어온 시간만큼 말없이 분주해요

찔깃한 마시멜로를 오물거리며 겨울이 빈 들판을 건너가요

커다랗게 젖은 눈망울로

건초를 씹는 뜨거운 입김이 초록에 닿아있어요

―「초록을 위한 마시멜로」 전문

언제부턴가 빈 밭에 뒹구는 하얀 물체가 필자의 눈에 띄었다. 무언가 궁금해서 알아보니 건초를 묶어둔 덩어리였다. 동물의 사료나 거름으로 쓸 볏짚더미를 압축 포장한 "곤포 사일리지"였다. 하얀 비닐에 꽁꽁 싸인 모습이 "마시멜로" 같기도 하고 커다란 "공룡알" 같기도 하다. 무언지 모를 의문의 밑바닥엔 단단한 침묵이 살고 그 속에는 "수만 마리 고요"가 애벌레를 낳고 번식한다. 어둠속에서 발효가 되어가는 과정이다. 들판은 농가의 소가 되어 질긴 고요를 되새김질하고 빈 논은 다가올 봄을 위해 말없이 분주하다.

여느 풍경화와는 다른 느낌이 들도록 자신이 보는 어떤 풍경과 그림 사이, 중간쯤 되는 지점에서 관찰자의 입장으로 바라보는 화가도 있다. 홍계숙 시인도 그 지점을 찾아 풍경을 바라본다. 사물을 작은 단위로 분해하고 들여다보는 시선은 들판의 은밀한 호흡까지 찾아낸다. 시인의 의식을 따라 멈

춰버린 계절이 순환하고 시인은 사물들과 관계를 형성하며 시적 인식을 넓혀간다.

"들판은 겨우내 질긴 고요를 되새김질 중이죠/이삭이 잘리고 언 땅에 뿌리가 파묻혀도 견디어온 시간만큼 말없이 분주해요"에서 알 수 있듯이 고요히 움직이는 정중동靜中動 기운이 시 곳곳에 흐르고 있다.

미세라는 새가 태어났습니다

신종 조류입니다 먼데서 날아온 혹은 가까운 바닥에서 날아오른 아주 작은 새입니다 너무 작아 조류가 아니라는 설도 있지만 하늘을 덮는 힘찬 날갯짓으로 보아 새의 무리가 분명합니다

주로 ㄴ자 ㅅ자형 경로로 공중에 유입됩니다 모든 철새들이 그렇듯 번식지와 월동지를 가릴 줄 압니다 봄은 떠돌이새들이 창밖에 번식하기 좋은 계절입니다

무리가 많고 적음에 따라 하늘의 낯빛이 바뀝니다

나쁨 아주 나쁨 보통으로 하늘의 컨디션이 손바닥에 전송됩니다 밀도가 다를 뿐 사시사철 공중을 장악하는 텃새로 점차 변해갑니다

식욕이 좋아 검고 날카로운 부리로 푸른 하늘을 뜯어 먹고 사람의 식도와 기도로 스며들어 위와 폐에 둥지를 틉니다

하늘에서 초록 눈이 내리는 곳도 있습니다

숲은 어린 산세베리아 고무나무 야자나무에게 방독면을 씌워줍니다 꽃들과 나비들은 호흡기가 사라지고 가만가만 숨을 몰아쉬는, 복면을 쓴 벌레도 생겨납니다

천적은 비와 바람입니다

비와 바람은 뿌리 없는 것들을 흩어놓습니다
오늘, 힘찬 바람이 조류를 몰아 어디론가 이동하고 있군요

—「새의 이름은 미세」 전문

"은밀한 살인자"로 불리는 미세먼지는 눈에 보이지 않을 정도로 입자가 작아 공중을 떠다닌다. 크기가 10마이크로미터 이하의 작은 먼지 입자들은 "폐와 혈중"으로 유입될 수 있기 때문에 건강에 큰 위협이 된다. 미세먼지는 환경 의학적으로 우리가 해결해야할 중요한 과제이다. "식욕이 좋아 검고 날카로운 부리로 푸른 하늘을 뜯어먹고 사람의 식도와 기도로 스며들어 위와 폐에 둥지를 틉니다"에서 시인은 미세먼지의 위험성을 경고하고 있다. 공중에 떠다니는 미세먼지를 "신종조류"로 바라본 시선이 예사롭지 않다. "비와 바람은 뿌리 없는 것들을 흩어놓습니다/ 오늘, 힘찬 바람이 조류를 몰아 어디론가 이동하고 있군요"로 마무리되는 미세먼지는 현재진행형이다. 시인은 여운을 남기며 계속 나아가고 있다.

최문자 시인은 시를 접근하는 방식에 대해 "일반적 방식으로 좋음에 도달하는 다수의 방식과 새로운 방식으로 좋음에 도달하는 소수의 방식"을 언급하며 "새로워서 좋은 게 아니라 새롭기까지 하다면" "후자의 좋음"에 주목하지 않을 수 없다고 했다. 그런 면에서 홍계숙 시인의 작품들은 "터무니 없는 환상"이나 "비현실적인 질서"에서 벗어나 자신만의 색깔을 만들고 있음에 안도감을 준다. "누구나 공감할 수 있지만" "아무나 생각할 수 없"는 신선한 발상이 "시의 근육"이 되어 지탱점支撐點을 구축하고 있다.

단추는 납작한 단서입니다

언젠가부터 차를 마시면 사레가 들립니다
찻잔 속 안부를 성급히 마시려 했기 때문일까요 기도로 들어선 불청객을 밀어내려 기침이 재채기로 바뀝니다
재채기를 하는 날은 잠깐 나를 놓아버립니다
단추가 물어옵니다
놓아버린 것이
나일까요 납작한 집착일까요
실이 단추의 손을 놓았는지 단추가 실의 손을 놓았는지 손목은 알 수 없습니다 재채기는 옷소매로 가려야 하니까요

단추는 구멍의 기록입니다

단추가 달린 곳은 깊숙한 안쪽을 지녔습니다 궁금한 것은 대체로 깊숙하니까요

순간 단추가 캄캄해집니다

낙하의 속도까지 입술에 닿았지만 끝맛을 놓쳤습니다

동그란 것은 굴러가기 유리합니다

눈이 동그래지고

조그맣게 몸을 말아 꼭꼭 숨어있던 저녁의 구멍을 떠올립니다

매트 위를 두 번 연속으로 구르던 친구가 사라졌습니다

책상 다리는 그의 행방을 알까요

떨어진 단추는 천천히 술래가 되고 싶습니다

실밥의 재채기를 귀에 꽂고

떨어진 것은 더 둥글고 납작해집니다

아무도 단추의 그 다음을 적지 못하는 이유입니다

—「단추는 어디에 숨는가」 전문

둥근 것은 바닥을 구른다. 그리고 이내 틈으로 숨는다. 놓쳐버린 한 알의 알약, 떨어뜨린 반지, 굴러간 병뚜껑, 어디쯤에서 실종된 단추… 둥글고 둥글어 잘 굴러간다. 이 "회전의 법칙"으로 타이어도 지구도 달도 둥글다. 사라진 단추의 단서는 실밥을 물고 있는 단춧구멍이다. 아무도 단추의 행적을 알지 못하니 그 다음은 없다.

TV 동물 프로그램에서 애완견과 산책을 나갔다가 잠시 한눈을 파는 사이 사랑하는 개를 잃어버리고 가슴 아파하는 중년여인을 보았다. 그 애완견은 웬일인지 골목을 서성이고 있었지만 주인이 부르면 피해 달아나 버렸다. 까닭을 알 수 없어 전문가에게 물었더니 그 개는 "주인이 자신을 버렸다고 믿고" 있는 거라고 한다. 개가 즐겨듣던 음악을 틀고 개의 체취가 묻은 방석을 무릎에 올려놓고 애타게 부르자 놀랍게도 개는 달려와 주인의 품에 안겼다. 오해가 풀린 것이다.

단추는 어디에 숨는가? 왜 자리를 이탈한 단추는 눈에 띄지 않을까? 단추의 입장에서 보면 버려졌다고 볼 수도 있다. 그 상처로 영영 돌아오지 않을지도 모른다. 풀린 실밥을 방치한 우리는 왜 단추의 심정을 이해하려 하지 않는가. 이처럼 단추의 마음을 살피는 시인의 마음이 연민으로 다가온다.

주변에서 발견한 작은 "픽셀"들이 하나의 의미로 인식되기 위해 시인은 긴밀하게 언어를 조합하고 연과 연의 여백에 "다양한 상상"을 남겨놓는다. 글을 읽는 독자는 한 문장의 끝을, 다음에 올 문장을, 다음에 계속될 페이지를 예측하며 자기의 예측에 들어맞거나 혹은 어긋나는 것을 기대한다고 한다. 홍계숙의 시편들은 독자의 감정을 획득할 "새로운 발상"과 "남다른 감각"이 있다. 서정시를 구현하는 홍계숙 시인의 문학적 기류는 각각의 이미지를 하나의 공간에 배치하고 "속도의 완급緩急"을 조절하며 "사물과 삶"을 매치시키는 방식이다. 무관한 것들에서 "뜻밖의 것들"을 찾아내어 현재와 연관된 "상호관계를 증명하는" 이 절묘한 기법은 홍계숙 시인의 시그니처와 같다. 긴장감은 시인이 의도한 디렉션direction을 끝까지 주시하게 만드는 힘일 것이다.

시와반시 기획시인선 015
파스타치오

2020년 6월 1일 초판 1쇄
2020년 6월 30일 초판 2쇄

지은이 | 홍계숙
펴낸이 | 강현국
펴낸곳 | 도서출판 시와반시

등록 | 2011년 10월 21일 (제25100-2011-000034호)
주소 | 대구광역시 수성구 지산로 14길 83, 101-2408호
대표전화 | 053)654-0027
팩스 | 053)622-0377
E-mail | khguk92@hanmail.net

ISBN 978-89-8345-087-6 03800

이 도서의 국립중앙도서관 출판예정도서목록(CIP)은 서지정보유통지원시스템 홈페이지(http://seoji.nl.go.kr)와 국가자료종합목록 구축시스템(http://kolis-net.nl.go.kr)에서 이용하실 수 있습니다. (CIP제어번호 : CIP2020017037)